Analyse de l'œuvre

Par Natacha Cerf et Pauline Coullet

La Curée

d'Émile Zola

Rendez-vous sur lepetitlitteraire.fr et découvrez :

Plus de 1200 analyses
Claires et synthétiques
Téléchargeables en 30 secondes
À imprimer chez soi

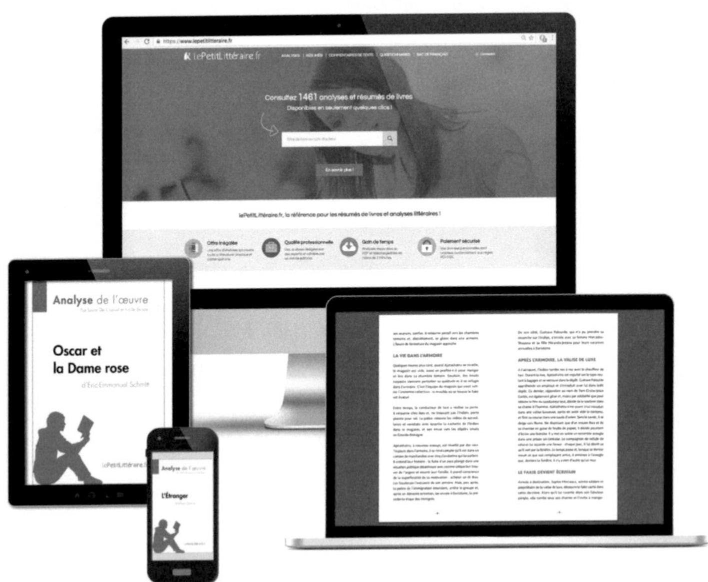

ÉMILE ZOLA

ÉCRIVAIN ET JOURNALISTE FRANÇAIS

- **Né en 1840 à Paris**
- **Décédé en 1902 dans la même ville**
- **Quelques-unes de ses œuvres :**
  - *Nana* (1880), roman
  - *Au Bonheur des dames* (1883), roman
  - *Germinal* (1885), roman

Né en 1840 et décédé en 1902, Émile Zola est considéré comme l'un des romanciers majeurs du xixe siècle en France. Il est aussi le chef de file du naturalisme, un mouvement qui entend appliquer à la littérature les méthodes scientifiques expérimentales de l'époque : après observation du réel, Zola émet une hypothèse et la vérifie par expérimentation dans ses œuvres. Il illustre notamment cette esthétique dans le cycle romanesque des *Rougon-Macquart*, une fresque de vingt livres qui constitue son œuvre principale et qui connaitra un grand succès, malgré de nombreuses critiques.

Zola est également célèbre pour ses prises de position, souvent sources de condamnations. La plus notoire concerne l'affaire Dreyfus : son pamphlet *J'accuse… !* (1898) contribua grandement à l'issue heureuse du procès du capitaine Dreyfus (1859-1935).

LA CURÉE

AU SEIN DE L'EMPIRE, DES PARVENUS...

- **Genre :** roman
- **Édition de référence :** *La Curée*, Paris, Le Livre de Poche, coll. « Les Classiques de Poche », 1996, 411 p.
- **1re édition :** 1871
- **Thématiques :** Second Empire, France, corruption, décadence, femme, parvenus

Paru en 1871, *La Curée* est le second roman de la série des *Rougon-Macquart*. La « curée » désigne le moment où les chiens se disputent les restes d'une bête tuée pendant la chasse. La métaphore de la meute symbolise Aristide Saccard et ses partenaires dévorant Paris. La capitale, soumise à leurs spéculations immobilières, est déchirée sous leurs crocs, et les fortunes sont brulées au rythme des fraudes et de la fureur affairiste.

Aristide, un provincial récemment installé à Paris, s'est parfaitement accommodé de la fête permanente, du luxe et de la mondanité qui règnent dans la capitale. Au contraire de Renée, son épouse, qui s'enfonce dans la tragédie. Elle s'éprend de Maxime, son beau-fils, pour tromper le vide de son existence. Cette idylle incestueuse, inspirée de *Phèdre*, est vouée à la fatalité : Renée sombrera dans la ruine, la solitude et la névrose.

RÉSUMÉ

CHAPITRE I

Lors d'une soirée au bois de Boulogne, Renée, une bourgeoise parisienne, fait part de son ennui à Maxime, le fils issu du premier mariage de son époux. Il ne comprend pas ses états d'âme : « Partout, aux Tuileries, chez les ministres, chez les simples millionnaires, en bas et en haut, tu règnes en souveraine. Il n'y a pas de plaisir où tu n'aies mis les deux pieds [...]. » (p. 25) En effet, Renée dépense des fortunes pour ses toilettes, habite un hôtel splendide et ses caprices font loi. Elle désire pourtant autre chose, des jouissances rares et inconnues ; la routine lui devient insupportable :

> « [...] Elle pensait à ces joies de la veille, à ces fêtes qu'elle trouvait si fades, dont elle ne voulait plus ; elle voyait sa vie passée, le contentement immédiat de ses appétits, l'écœurement du luxe, la monotonie écrasante des mêmes tendresses et des mêmes trahisons. » (p. 30)

Un peu plus tard, lors d'une réception organisée par son mari, Aristide Saccard, la conversation se porte sur le décret d'annexion des banlieues par l'empereur Napoléon III (1808-1873) et sur les transformations de Paris qui en découlent (référence aux travaux opérés par le préfet Haussmann de 1852 à 1870). Chacun y voit l'occasion de s'enrichir. Renée, quant à elle, s'ennuie toujours, et regarde avec jalousie Maxime s'amuser avec sa future épouse Louise.

CHAPITRE II

Retour en arrière, juste après la proclamation du Second Empire en 1852. Aristide et sa première femme Angèle arrivent à Paris, espérant y faire fortune. Leur fille Clotilde les accompagne, mais Aristide a obtenu de laisser leur fils Maxime au collège de Plassans, leur ville natale. Son frère, Eugène, haut placé dans le ministère, lui trouve une place de commissaire voyer adjoint à l'hôtel de ville. Il est rapidement promu et augmenté. Aristide devient un employé modèle et domine parfaitement ses instincts de provincial.

À Paris, il rend visite à sa sœur Sidonie, qui trempe dans des manigances pour vivre. Elle est toujours à l'affut d'une bonne affaire : tout le quartier lui confie ses doléances, et elle colporte le tout pour son profit.

Aristide Saccard retrouve sa femme au lit, atteinte d'une fluxion de poitrine. Sidonie vient chaque soir lui concocter des tisanes avec tendresse, mais le mal ne fait qu'empirer, et la malade est promise à la mort. Alors qu'Angèle n'en est pas encore à son dernier râle, Sidonie propose à Aristide de se remarier. Elle lui parle d'une jeune fille, Renée, qui s'est compromise, et dont la tante est prête à offrir 100 000 francs à l'honnête homme qui acceptera d'épouser sa nièce, enceinte de trois mois. Saccard en profite pour se débarrasser de sa fille et la laisse à son frère, Pascal. Le mariage est conclu. Renée fait une fausse couche.

Le premier plan de Saccard est d'utiliser la dot de sa femme pour racheter des immeubles condamnés à la destruction par le plan de réaménagement de Paris. Il réalise à cette occasion des bénéfices grâce à l'indemnité obtenue. Les augmentations de loyer, les faux locataires et le commerce de Sidonie élèvent sa fortune à 500 000 francs devant la commission des indemnités. Saccard, désormais détenteur d'un roulement de fonds considérable, se lance dans la spéculation à outrance, tandis que sa femme Renée mène une vie aisée grâce à l'argent de son mari.

CHAPITRE III

Saccard décide de faire venir son fils Maxime à Paris. Le jeune garçon passe beaucoup de temps avec Renée et ses amies. À 17 ans, il met enceinte une jeune servante qui doit alors s'exiler à la campagne.

Aristide et ses amis de l'hôtel de ville continuent de s'enrichir sur leurs spéculations : « On taillait la cité à coups de sabre, et il était de toutes les entailles, de toutes les blessures. Il avait des décombres à lui aux quatre coins de la ville. » (p. 139) Il se fait actionnaire de toutes les sociétés, entre dans tous les trafics avec fureur, bâtit avec fièvre et empoche les bénéfices dans le plus grand secret.

Maxime grandit et égaye Renée par son intarissable savoir en matière de cancans et de scandales. Il sait tout sur tout le monde et étale les affaires les plus intimes de chacun devant sa belle-mère. Il entretient des rapports tout aussi complices avec son père, qu'il rencontre souvent dans l'un ou l'autre salon. Le père et le fils fréquentent d'ailleurs parfois les mêmes femmes, marivaudant bras dessus bras dessous, unis dans leur camaraderie.

CHAPITRE IV

Maxime emmène Renée diner au café Riche, un lieu suspect, mais charmant. Ils passent la soirée dans le petit salon du café où les plats et le vin se succèdent. Inévitablement, le jeune homme finit par étreindre Renée ; elle ne se débat pas.

Les affaires de Saccard traversent des temps difficiles. Il veut obtenir les terrains de Charonne, que Renée avait reçus en dot et qu'elle avait promis de ne jamais aliéner pour les léguer à son enfant si elle devenait mère. Renée est pourtant sur le point d'offrir le terrain en pâture aux nouvelles spéculations de Saccard, qui prépare « une duperie colossale dont la Ville, l'État, sa femme [...], devaient être les victimes » (p. 324).

Après le bal du ministère, Renée tombe à nouveau dans les bras de Maxime, et ils consomment leur relation. Renée attendait ce moment depuis longtemps ; le vide de son être semble enfin comblé.

CHAPITRE V

Renée n'a jamais été aussi belle ni aussi jeune. Son épanouissement est total et ses dépenses atteignent des sommets. Quant à Maxime, il continue de trouver le monde assommant et dépouille sa belle-mère, qui ne peut rien refuser à cet amant avec qui elle découvre le nouveau Paris.

Elle finit pourtant par changer d'humeur, tient des discours moraux et se retrouve parfois les larmes aux yeux. En réalité, la jeune femme se méprise depuis que son mari a décidé de reprendre ses droits conjugaux pour le bien de ses affaires et que le fils et le père se succèdent dans sa couche. La folie commence à la gagner.

Chez une courtisane, Maxime entend son père discuter avec son ancien collègue Larsonneau au sujet de leur plan pour duper Renée. Il apprend aussi qu'il a renoué avec Renée. Jaloux et humilié par cette « infidélité », il se rend chez elle le soir même, désireux de mettre fin à leur relation. Il lui annonce la date de son mariage avec Louise qui, atteinte de tuberculose pulmonaire, est promise à la mort (il veut se marier rapidement pour avoir sa dot). Il lui reproche de dormir à nouveau avec son mari ; elle lui explique que les nouvelles attentions de celui-ci l'ont attendrie. Maxime, vexé, ne résiste pas à lui rapporter la conversion à propos de la duperie de ce dernier. Par conséquent, le lendemain, Renée refuse de signer l'acte de cession de son bien. Flairant dans le soudain revirement de sa femme le conseil de quelque amant, Saccard demande à Sidonie de mener l'enquête.

CHAPITRE VI

À l'annonce du mariage de Maxime, Renée lui ordonne de partir avec elle en Angleterre. Ils vivront grâce à l'acte de cession qu'elle a signé et qu'elle vendra à Larsonneau. Prévenu par Sidonie, Saccard surprend sa femme dans les bras de son fils. Apercevant l'acte signé, il s'en empare et dit à Maxime de descendre faire ses adieux aux invités, comme si de rien n'était.

CHAPITRE VII

Trois mois plus tard, Aristide échappe à ses dettes par une énième manigance. Néanmoins, sa fortune est loin d'être solide. Quant à Renée, elle est écrasée par l'ennui et continue à dépenser des fortunes colossales, notamment au jeu. Maxime, qui a enterré sa femme Louise en Italie, vit dans un petit hôtel avec sa dot. Renée meurt l'hiver suivant d'une méningite aigüe. Ses dettes, payées par son père, s'élevaient à 257 000 francs.

ÉTUDE DES PERSONNAGES

ARISTIDE ROUGON/SACCARD

Aristide Saccard est le personnage principal du roman, autour duquel s'organisent toutes les intrigues : il dicte les étapes de la vie de Renée et de Maxime, et est le modèle et le complice de tous les récits secondaires qui font écho au récit principal.

Spéculateur, il illustre l'affairisme contemporain qui gangrène le Second Empire. Saccard fait naitre en une nuit des fortunes emportées le lendemain par la fièvre du luxe. Équilibriste, il est toujours criblé de dettes qu'il cherche à combler en jonglant avec tous les moyens retors possibles et imaginables. Amasser une grande fortune est son idée fixe. Aucun obstacle ni aucun sens moral ne peuvent contrecarrer sa volonté.

Zola insiste sur le choix du nom « Saccard » : deux syllabes sèches et brutales qui sonnent comme des pièces ; « il y a de l'argent dans ce nom-là » (p. 104). Aristide a lui-même choisi son nom. Son frère lui a proposé de prendre celui de sa femme, Sicardot, mais il a refusé car il l'assimile à la faillite. En outre, dans Sicardot, on entend le mot « sot ». Le nom lui rappelle son passé, avec lequel il veut rompre : le coup d'État de 1851 (lors duquel il n'a pas choisi le bon camp), Plassans, la pauvreté, etc. Jouisseur et bête affamée, il a des besoins immédiats contrairement à son frère Eugène, un chaste économe.

Aristide veut prendre sa revanche sur son passé de pauvre et sur ses échecs. Il étale sa réussite et a l'ambition féroce d'un animal : « Il était si évidemment né pour battre monnaie avec tout ce qui lui tombait sous les mains : femmes, enfants, pavés, sacs de plâtre, conscience. » (p. 145) Saccard est convaincu que la vie n'est qu'une affaire. Toutefois, il ne s'agit pas réellement de faire des affaires pour l'argent, mais par gout du jeu et de la puissance. Ses qualités lui permettent de duper les gens en montant des combinaisons compliquées. Qu'importent les dépenses colossales de sa femme pourvu qu'il parvienne à lui soutirer quelques francs. L'or doit découler des voies complexes de son imagination. Ses coups de théâtre réussis ne l'amusent que s'il a pu compliquer son scénario au maximum : sa vraie joie est de faire croire à ses victimes des contes à dormir debout.

Fin psychologue et bon comédien, il arrive à conquérir les personnages les plus austères et à s'en servir à son avantage. Saccard est un poète des affaires.

RENÉE SACCARD

Renée Saccard, épouse d'Aristide, est la bourgeoise parisienne typique. Fille de M. Béraud, un magistrat sévère dont la femme s'est enfui avec un laquais, Renée a conservé de l'héritage maternel une propension au plaisir précoce. Toutefois, comme son père, la jeune femme sait aussi se montrer bourgeoise, calme, prudente et respectueuse de la vertu.

Renée a été élevée au couvent, mais son éducation morale n'a fait qu'accroitre son excentricité et ses curiosités pour le vice. Le milieu dans lequel la jette son mariage termine le détraquement nerveux entamé par son héritage maternel et développé par son éducation religieuse. Hérédité, éducation et milieu causent la déchéance de son esprit. La folie de Renée est également due à son statut de femme. Le mécanisme féminin est délicat et son équilibre constamment menacé parce qu'il est dominé par les nerfs.

Elle est le symbole de la société peinte par Zola : un empire de luxe et de jouissances. Renée est le produit, l'incarnation et la victime de ce régime. Elle se détraque un peu plus chaque jour comme Paris, battue par l'or et la chair. Le vice et la grande débauche s'immiscent dans tous les recoins de la capitale, tout comme ils s'introduisent dans son esprit où la folie apparait.

Renée arbore un comportement traditionnellement réservé à l'homme. C'est pourquoi Zola a choisi ce prénom à la fois féminin et masculin. Avec Maxime, elle fait d'ailleurs preuve d'autorité et dicte leurs ébats. C'est elle qui mène la danse, et son amant la craint.

Le personnage prend des proportions mythiques dans les descriptions de sa nudité : Renée est un corps à la liberté fascinante. C'est une femme fatale et dangereuse. Elle est volontaire, passionnée et agissante.

Renée est pourtant une victime. Sa famille, son éducation, les institutions et son mariage l'ont laissée désespérément seule. Son père et sa tante Élizabeth l'ont abandonnée au couvent, elle a été violée par un homme marié, puis a épousé un homme qui ne l'aimait pas. Elle tente sans cesse de combler son vide permanent par une recherche effrénée d'affection. Elle cherche la tendresse auprès de Maxime, qui l'abandonne, et de sa femme de chambre, qui la quitte une fois sa fortune faite. La jeune femme ne comprend ni ces abandons ni les duperies d'Aristide et de Sidonie. Elle est dépossédée de tout : ses rêves, ses espoirs, sa fortune, son corps. Son personnage est tragique, comme si l'auteur voulait la punir de ne pas avoir su réfréner son désir. Elle finit par mourir, endettée.

MAXIME ROUGON/SACCARD

Maxime Saccard, fils d'Aristide Saccard, est un jeune homme livré à toutes les futilités de la mode. Il symbolise à lui seul la décadence de la société dont il est le produit. Il est de sexe neutre : c'est un homme aux allures de femme. Égoïste, paresseux et lâche, Maxime est un parasite qui mange les fortunes toutes faites. Il vit d'abord aux crochets de Renée, puis sur la dot de sa femme défunte. Son seul but est de jouir sans tracas. C'est un être faible qui se venge lâchement de la supériorité de Renée en lui révélant le vol dont elle sera victime.

SIDONIE ROUGON/SACCARD

Sidonie Saccard, sœur d'Aristide Saccard, est une marchande d'une moralité douteuse et une entremetteuse. Elle est à l'origine du mariage entre son frère et Renée, puis de la révélation au grand jour de la relation incestueuse qu'entretient cette dernière avec Maxime : elle engendre donc le point de départ de l'intrigue et son dénouement. Elle est comme un double de son frère : sèche, froide, indifférente et brutale, c'est un être toujours en mouvement. Elle est semblable à une fouine, un personnage de l'ombre toujours vêtu de noir. Sidonie se caractérise par son intelligence et par son don pour les intrigues compliquées.

Comme tous les Rougon, elle est obsédée par l'argent et par les chemins complexes qui y mènent. Elle aime la procédure pour la procédure et a tendance à se laisser emporter par son imagination.

CLÉS DE LECTURE

LE NATURALISME

Le cycle des *Rougon-Macquart*

Dans *La Fortune des Rougon*, premier livre du cycle des *Rougon-Macquart*, Zola explique son projet d'écriture :

> « Je veux expliquer comment une famille, un petit groupe d'êtres, se comporte dans une société, en s'épanouissant pour donner naissance à dix, à vingt individus qui paraissent, au premier coup d'œil, profondément dissemblables, mais que l'analyse montre intimement liés les uns aux autres. L'hérédité a ses lois, comme la pesanteur. » (Préface de *La Fortune des Rougon*)

Intéressé par les découvertes de son siècle, Zola s'est très tôt penché sur les sciences, notamment sur la médecine expérimentale du Dr Claude Bernard (physiologiste français, 1813-1878). À travers ses romans, il applique la méthode expérimentale à la littérature. Il part d'un double postulat, qui fonde le mouvement naturaliste :

- l'homme est conditionné par son milieu socioéconomique ; c'est ce que l'on appelle le déterminisme social ;
- l'homme est conditionné par son hérédité ; c'est ce qu'on appelle le déterminisme génétique.

Zola place ses personnages dans un milieu précis, et retrace leur arbre généalogique afin de pouvoir étudier leur comportement à la manière d'un médecin. Dans *La Curée*, deuxième volume du cycle des *Rougon-Macquart*, on retrouve Aristide Saccard, le fils de Pierre et de Félicité Rougon, les personnages principaux de *La Fortune des Rougon*. Cette filiation prédispose Aristide à son élévation dans l'aristocratie et son obsession pour l'argent, typique de la branche Rougon.

Le naturalisme est le prolongement du mouvement réaliste : le sens de l'observation et de la déduction remplace l'imagination. Les valeurs morales et sociales ne déterminent plus l'intrigue. Renée, Aristide et Maxime sont des personnages corrompus, perdus par le vice, et évoluent dans une époque où les valeurs sont inversées.

Le déterminisme

Zola affirme dans la préface de *La Curée* :

> « J'ai voulu montrer l'épuisement prématuré d'une race qui a vécu trop vite et qui aboutit à l'homme-femme des sociétés pourries ; la spéculation furieuse d'une époque s'incarnant dans un tempérament sans scrupule, enclin aux aventures ; le détraquement nerveux d'une femme dont un milieu de luxe et de honte décuple les appétits natifs. »

Son roman offre une analyse des personnages en fonction de leur environnement et de leur hérédité, mais aussi une étude des mœurs de l'époque, le Second Empire.

Aristide Saccard est le fils de Pierre et Félicité Rougon. Dans *La Fortune des Rougon*, il est dit que, d'un point de vue héréditaire, il ressemble moralement à son père – Pierre Rougon fait en effet preuve d'un opportunisme calculateur et cruel dans le premier roman du cycle. Aristide est issu d'un milieu commerçant : il aime l'argent autant que son frère Eugène aime le pouvoir. Il incarne la « spéculation furieuse d'une époque s'incarnant dans un tempérament sans scrupule » dont parle Zola (*ibid.*). Il amasse une fortune considérable grâce à ses spéculations, et son mariage avec Renée lui assure une place dans le milieu aristocratique : en s'élevant socialement, il a « enfin trouvé son milieu » (chapitre III).

Renée Saccard est la fille d'un ancien magistrat. On retrouve chez elle les conséquences de son hérédité bourgeoise : elle dépense beaucoup, mais a aussi de – rares – moments de crise morale où elle se reprend (« Renée, troublée par ces pensées de honte et de châtiment, céda aux instincts de vieille et honnête bourgeoisie qui dormaient au fond d'elle », chapitre I). Elle a hérité de sa mère une propension au plaisir : celle-ci avait quitté le foyer pour vivre avec un laquais. Renée portait donc déjà en elle la tragédie qui allait suivre. Le déterminisme s'apparente à la fatalité. En entamant une relation incestueuse avec son beau-fils, Renée prend les traits de Phèdre, consumée par son amour incestueux ; ce n'est d'ailleurs pas un hasard si elle va voir cette pièce avec Maxime. Elle incarne « le détraquement nerveux d'une femme dont un milieu de luxe et de honte décuple les appétits natifs » (*ibid.*).

Maxime Saccard, le fils d'Aristide et d'Angèle Rougon, tient son esprit de son père et son « air de fille » de sa mère. Il est comparé à « un produit défectueux, où les défauts des parents se complétaient et s'empiraient » (chapitre III). Il est également montré comme un être qui n'est ni clairement masculin ni clairement féminin : « Cette famille vivait trop vite ; elle se mourait déjà dans cette créature frêle, chez laquelle le sexe avait dû hésiter, et qui n'était plus une volonté âpre au gain et à la jouissance, comme Saccard, mais une lâcheté mangeant les fortunes faites ; hermaphrodite étrange venu à son heure dans une société qui pourrissait. » (*ibid.*) Il passe les premières années de sa vie à Plassans. Lorsqu'il arrive à Paris, ses vêtements râpés et difformes trahissent son milieu provincial. À Paris, il évolue dans un milieu aisé : l'influence bourgeoise le métamorphose. Il devient un jeune homme distingué, « l'homme-femme des sociétés pourries » (préface de *La Curée*).

Sidonie Saccard, la sœur d'Aristide, est comme tous les Rougon, obsédée par l'argent et ne songe qu'à s'enrichir, mais le milieu peu aisé dans lequel elle vit la force à travailler comme un homme : c'est une vieille fille.

LA SOCIÉTÉ IMPÉRIALE

Dans son roman, Zola ne décrit pas le Second Empire dans son ensemble, mais plutôt les profiteurs du régime, les parvenus, les hommes d'affaires et les hommes politiques corrompus.

Il considère Napoléon III comme un usurpateur arrivé au pouvoir grâce à une poignée de loups prêts à tout pour combler leur appétit.

La décadence

L'époque se caractérise par une confusion générale :

- **entre les sexes**. Renée appelle Maxime « Mademoiselle » tant il est efféminé. Il aime en effet se vautrer dans les jupes, se passionne pour la mode et a des hanches de femme. Renée, quant à elle, se comporte comme un homme : elle porte un binocle, choisit ses amants et les domine avec autorité ;
- **entre les catégories sociales**. Les actrices et autres courtisanes ne se distinguent plus des femmes du monde : lorsque Renée se rend au bal de l'actrice Blanche Muller, elle se croit dans son salon puisqu'on y retrouve les mêmes personnes ;
- **entre les âges**. Renée s'éprend d'un garçon plus jeune qu'elle, Maxime. Malgré son âge, elle se considère elle-même comme une enfant ; son mari parle d'ailleurs des deux amants comme de deux enfants. Sidonie, quant à elle, est une vieille fille « sans âge certain » (chapitre I).

Cette ambigüité est révélatrice de la suppression des barrières morales : on ne distingue plus le vrai du faux, le jeu du sérieux, le masculin du féminin. Dans cette société où le mal n'existe plus, l'inceste n'est plus condamnable : les remords de Renée ne durent donc pas. Les hiérarchies sociale, morale, sexuelle et esthétique sont abolies.

Il s'agit donc d'un monde singulièrement confus dans lequel sévit un véritable chaos d'idées et de personnages.

Une société déréglée

La société s'avère également totalement déréglée.

La cellule familiale ne comporte plus de père. À la mort de

sa femme Angèle, Aristide Saccard envoie sa fille à son frère Pascal. Il se débarrasse également de son fils, qu'il a placé au collège de Plassans. S'il le rappelle, c'est pour s'en faire un compagnon de débauche. De même, M. Béraud du Châtel fut un père absent pour Renée, qu'il a laissée au couvent. Il n'y a pas davantage de mère : Renée, Clotilde et Louise sont orphelines. C'est un monde sans enfant (Renée fait une fausse couche) où les liens sont distendus. Chacun mène sa propre vie comme il l'entend, court après la satisfaction de ses appétits et s'occupe de ses plaisirs égoïstes sans prêter attention aux autres.

Le foyer est, lui aussi, bouleversé. Il n'y a plus d'intimité, et l'appartement prend des allures de hall de gare où le va-et-vient est continu. L'appartement de la rue de Rivoli n'est qu'un lieu de passage entre deux escapades.

Enfin, on pratique dans la société impériale le commerce des gens. Sidonie propose à son frère, avant même le décès d'Angèle, de le marier à Renée pour une somme d'argent importante. Saccard ne voit en Louise qu'une dot ; quant à Renée, elle n'est qu'un instrument pour ses affaires. Les individus sont des pions qu'on déplace sur le grand échiquier des ambitions et des plaisirs.

Un monde vulgaire et artificiel

Dans ce Paris noceur, la fête est vulgaire et les réceptions, les bals, les restaurants et les cafés à la mode, accueillent le grotesque et l'indécence. En effet, les nouveaux riches, s'ils ont autant, voire plus, d'argent que la haute société, restent dépourvus de distinction parce que leur éducation est celle de gens de rien.

Le bois de Boulogne symbolise ainsi l'Empire. Tout y est petit, savant, faux et artificiel. Les pelouses sont étroites, les lacs sans écume, les troncs droits comme des colonnettes et les sapins alignés ; l'artificialité est telle que l'on pourrait presque songer à un décor de théâtre fraichement peint. Cette nature de glace s'oppose à la nature véritable, pleine de vie, où règnent force, beauté et grandeur.

L'hôtel Saccard est, lui aussi, semblable à la scène d'un théâtre. Il déploie ses rideaux sous la forme de draperies rouges qui encadrent portes et fenêtres ; son grand escalier, ses miroirs et ses éclairages sont savamment étudiés pour faire tomber la lumière sur le faste.

L'analogie entre la société impériale et les décors qu'elle a créés traduit un régime illégitime et sans racines, aussi fragile et éphémère qu'un décor de théâtre.

Les nouveaux riches qui évoluent de ce décor apparaissent donc tantôt comme des acteurs, tantôt comme des spectateurs de leur propre représentation. Renée prépare ses entrées, sait se faire attendre et récolter les ovations comme une comédienne. À l'inverse, elle détaille les promeneuses du bois de Boulogne avec son binocle comme on regarde, dans sa loge, une actrice sur les planches. Cette société a besoin, pour exister et pour se justifier, de se renvoyer sa propre image – qui est le spectacle de l'or et de la chair. La société impériale est parade.

Tout n'est qu'illusion, même la fortune de Saccard. Il a

bâti son hôtel sur un terrain volé. Les signes extérieurs de richesse ont plus d'importance que le capital réel. C'est un monde de l'accumulation et de la surcharge où tout est agencé pour donner l'impression de l'abondance. La décoration, les plaisirs, les vêtements, tout est outrance pour effacer ses origines (Saccard veut oublier son passé de misère) et combler un vide infini (Renée aspire à autre chose sans parvenir à nommer son envie).

Zola, par ses dénonciations, tente d'arracher les masques. Les fêtes ne sont que ripailles ; Phèdre, entre leurs mains, devient une pièce de boulevard. Ce faisant, l'écrivain dévoile l'envers du décor. Cette parodie de société n'offre à voir que de l'illusion et de l'illusoire. C'est une société bâtarde, sans racines et sans règles. L'ambigu, l'artificiel et le faux la défi-nissent tout entière. Tout cela constitue autant d'éléments annonciateurs de la chute de l'Empire.

LA FEMME

Dans ce volume des *Rougon-Macquart*, Zola porte une at-tention toute particulière aux personnages féminins.

Il critique notamment l'éducation qu'elles reçoivent dans les couvents, une éducation qu'il considère comme responsable de l'ignorance des réalités de la vie et de l'homosexualité féminine. Selon lui, les femmes devraient bénéficier d'une formation solide indépendante du clergé, développant le corps autant que l'esprit afin que les femmes et les hommes ne soient plus rendus étrangers l'un à l'autre. Le mariage et la société en sortiraient plus solides.

Il souhaiterait également que leur place dans la société soit revue. Le Code civil de Napoléon Ier qui a cours à l'époque consacre en effet l'exclusion sociale de la femme : elle dépend de son mari financièrement et n'a pas d'autorité parentale. Le mariage est souvent conclu sur des motivations financières ; par conséquent, les époux s'ignorent la plupart du temps. Zola voudrait voir dans le mariage une source d'amour et de bonheur.

LE CORPS ET L'INVERSION DES GENRES

L'auteur évoque longuement les attitudes et le physique de ses personnages, et ceux-ci ne sont jamais figés. Renée, surtout, évolue tout au long du roman : son corps est soumis à divers changements, jusqu'à son basculement du côté du masculin.

Tout d'abord, elle pousse de plus en plus loin ses audaces en se dénudant progressivement. Enfant, elle retrousse les manches et rentre le col de la toute première robe qu'elle reçoit de sa tante. Adulte, elle échancre ses robes et porte des décolletés. Dans le dernier chapitre, son maillot couleur chair offre son corps entier aux regards. Renée revendique la liberté de satisfaire tous ses désirs à travers son corps. L'affirmation de sa liberté est telle qu'elle semble, parfois, renier son sexe (considéré comme faible à l'époque) et pencher du côté masculin : « Je suis un homme, moi », s'écrit-elle devant Maxime lorsqu'elle veut sentir elle aussi l'odeur du cigare (chapitre IV). Elle veut se sentir forte et libérée et prend des positions « viriles », signes de son assurance. Elle domine Maxime dans leur relation : « C'est moi qui suis le maître », dit-elle (chapitre VI). Sa virilité est tellement exacerbée que son corps ressemble à celui d'un homme :

> « Maxime la regardait à travers la fumée de son cigare. Il la trouvait originale. Par moments, il n'était plus bien sûr de son sexe ; la grande ride qui lui traversait le front, l'avancement boudeur de ses lèvres, son air indécis de myope, en faisaient un grand jeune homme. » (*ibid.*)

Maxime subit aussi cette inversion du genre puisque, à cause de son apparence, il est comparé à une fille tout au long du roman. Maxime, l'homme-femme, incarne la perversion chez Zola. Son air féminin et ses penchants homosexuels au collège font de lui le portait de la décadence de l'époque. Dans ses bras faibles et féminins, le corps des femmes devient masculin.

Louise, sa future femme, subit le même inversement. Si Maxime est attiré par elle, c'est en partie – et inconsciemment – parce qu'elle a l'air d'un garçon : « Et, en vérité, dans sa robe de foulard blanc à pois rouges, avec son corsage montant, sa poitrine plate, sa petite tête laide et futée de gamin, elle ressemblait à un garçon déguisé en fille. » (chapitre I)

Sidonie n'y échappe pas non plus. Il est dit que « la femme se mourait en elle » (chapitre II). Elle est définie comme un homme d'affaires. Ce n'est pas l'amour, ou le désir de liberté, qui la fait devenir homme, mais au contraire son austérité : elle est maigre, blafarde, et toujours vêtue d'une toge noire. Homme d'affaires et entremetteuse à la fois, elle représente l'hermaphrodisme.

Les femmes transgressent leur genre à cause de leurs désirs de liberté et de domination (Renée) ou, au contraire, par leur manque de charme (Sidonie est une caricature de la vieille fille, souvent moquée à cette époque où les femmes s'accomplissaient dans leur devoir conjugal).

En montrant le corps de la femme dénudé et masculinisé, Zola dénonce le vice et la décadence de l'époque.

UNE ÉCRITURE IMPRESSIONNISTE

À travers les tableaux de Paris que brosse le romancier, il est possible d'entrevoir certaines caractéristiques propres à l'impressionnisme.

Zola, comme les impressionnistes, veut rendre les jeux de la lumière et ses variations. Il suggère une couleur plus qu'il ne la décrit. Par exemple, « comme une cendre fine » évoque le gris argenté avec une impression de flou et de brouillard. Les détails disparaissent au profit des masses, des volumes et des taches : il évoque la « ligne confuse » des arbres, le « grouillement noir » des promeneurs, etc. L'écriture capte le fugace et le passage d'une lumière à une autre. Aux impressions visuelles, Zola ajoute des impressions auditives (« le trot des équipages », les « roues grondantes » des fiacres, etc.), olfactives ou tactiles.

Ces descriptions sont riches de sens. Les jeux de lumière, le mouvement et certaines couleurs permettent de créer un monde de reflets et de vertiges promis à la débâcle.

PISTES DE RÉFLEXION

QUELQUES PISTES POUR APPROFONDIR SA RÉFLEXION...

- Quelles leçons de moralité pourrait-on tirer du roman ?
- Quelles sont les « trois monstruosités sociales » qu'Émile Zola décrit dans son roman ?
- Quel(s) rapprochement(s) peut-on établir entre Emma Bovary, héroïne d'un roman de Flaubert (1821-1880), et Renée Saccard ?
- Quel lien existe-t-il entre *Phèdre* (tragédie de Jean Racine, 1677) et *La Curée* ?
- Aristide Saccard se débarrasse de sa fille, la jeune Clotilde. En quoi cette attitude est-elle représentative du personnage de Saccard ?
- Relevez les champs lexicaux du roman et analysez quelques exemples.
- Le roman *La Curée* est-il une œuvre d'historien ?
- Zola convoque plusieurs mythes dans son œuvre. Lesquels ? Dans quel but ?
- Quelles similitudes peut-on établir entre ces deux figures de spéculateur que sont Aristide Saccard et Turcaret, personnage de la pièce éponyme d'AlainRené Lesage (écrivain français, 1665-1747) ?
- Quelle œuvre de Balzac peut être mise en lien avec *La Curée* ? Pourquoi ?

POUR ALLER PLUS LOIN

ÉDITION DE RÉFÉRENCE

- Zola É., *La Curée*, Paris, Le Livre de Poche, coll. « Les Classiques de Poche », 1996, 411 p.

ÉTUDES DE RÉFÉRENCE

- Becker C. et Lavielle V., *La Curée*, Bréal, coll. « Connaissance d'une œuvre », 1999.
- Harmon P., *Le personnel du roman. Le système des personnages dans* Les Rougon-Macquart *d'Émile Zola*, Paris, Librairiez Droz, 1998.

ADAPTATION

- *La Curée*, film de Roger Vadim, avec Jane Fonda et Michel Piccoli, France et Italie, 1965.

SUR LEPETITLITTÉRAIRE.FR

- Commentaire portant sur le chapitre XIV du *Bonheur des dames* d'Émile Zola.
- Commentaire de lecture portant sur l'incipit de *Germinal* d'Émile Zola.
- Commentaire portant sur le chapitre V de la cinquième partie de *Germinal*.
- Commentaire portant sur le chapitre VI de *Nana* d'Émile Zola.
- Commentaire portant sur le chapitre VI de *Nana*.

- Commentaire portant sur la scène du bal de *La Curée*.
- Fiche de lecture sur *Au Bonheur des dames*.
- Fiche de lecture sur *Germinal*.
- Fiche de lecture sur *Nana*.
- Fiche de lecture sur *Thérèse Raquin* d'Émile Zola.
- Fiche de lecture sur *La Fortune des Rougon* d'Émile Zola.
- Fiche de lecture sur *L'Assommoir* d'Émile Zola.
- Fiche de lecture sur *Madame Sourdis et autres nouvelles* d'Émile Zola.
- Fiche de lecture sur *Jacques Damour* d'Émile Zola.
- Fiche de lecture sur *La Mort d'Olivier Bécaille et autres nouvelles* d'Émile Zola.
- Fiche de lecture sur *La Bête humaine* d'Émile Zola.
- Fiche de lecture sur *La Terre* d'Émile Zola.
- Fiche de lecture sur *Pot-Bouille* d'Émile Zola.
- Fiche de lecture sur *L'Argent* d'Émile Zola.
- Fiche de lecture sur *Le Ventre de Paris* d'Émile Zola.
- Fiche de lecture sur *L'Œuvre* d'Émile Zola.
- Questionnaire de lecture portant sur *Germinal*.
- Questionnaire de lecture portant sur *Nana*.

Retrouvez notre offre complète sur lePetitLittéraire.fr

- des fiches de lectures
- des commentaires littéraires
- des questionnaires de lecture
- des résumés

ANOUILH
- Antigone

AUSTEN
- Orgueil et Préjugés

BALZAC
- Eugénie Grandet
- Le Père Goriot
- Illusions perdues

BARJAVEL
- La Nuit des temps

BEAUMARCHAIS
- Le Mariage de Figaro

BECKETT
- En attendant Godot

BRETON
- Nadja

CAMUS
- La Peste
- Les Justes
- L'Étranger

CARRÈRE
- Limonov

CÉLINE
- Voyage au bout de la nuit

CERVANTÈS
- Don Quichotte de la Manche

CHATEAUBRIAND
- Mémoires d'outre-tombe

CHODERLOS DE LACLOS
- Les Liaisons dangereuses

CHRÉTIEN DE TROYES
- Yvain ou le Chevalier au lion

CHRISTIE
- Dix Petits Nègres

CLAUDEL
- La Petite Fille de Monsieur Linh
- Le Rapport de Brodeck

COELHO
- L'Alchimiste

CONAN DOYLE
- Le Chien des Baskerville

DAI SIJIE
- Balzac et la Petite Tailleuse chinoise

DE GAULLE
- Mémoires de guerre III. Le Salut. 1944-1946

DE VIGAN
- No et moi

DICKER
- La Vérité sur l'affaire Harry Quebert

DIDEROT
- Supplément au Voyage de Bougainville

DUMAS
• Les Trois
  Mousquetaires

ÉNARD
• Parlez-leur
  de batailles,
  de rois et
  d'éléphants

FERRARI
• Le Sermon sur la
  chute de Rome

FLAUBERT
• Madame Bovary

FRANK
• Journal
  d'Anne Frank

FRED VARGAS
• Pars vite et
  reviens tard

GARY
• La Vie devant soi

GAUDÉ
• La Mort du
  roi Tsongor
• Le Soleil des
  Scorta

GAUTIER
• La Morte
  amoureuse
• Le Capitaine
  Fracasse

GAVALDA
• 35 kilos d'espoir

GIDE
• Les
  Faux-Monnayeurs

GIONO
• Le Grand
  Troupeau
• Le Hussard
  sur le toit

GIRAUDOUX
• La guerre de
  Troie
  n'aura pas lieu

GOLDING
• Sa Majesté des
  Mouches

GRIMBERT
• Un secret

HEMINGWAY
• Le Vieil Homme
  et la Mer

HESSEL
• Indignez-vous !

HOMÈRE
• L'Odyssée

HUGO
• Le Dernier Jour
  d'un condamné
• Les Misérables
• Notre-Dame
  de Paris

HUXLEY
• Le Meilleur
  des mondes

IONESCO
• Rhinocéros
• La Cantatrice
  chauve

JARY
• Ubu roi

JENNI
• L'Art français
  de la guerre

JOFFO
• Un sac de billes

KAFKA
• La Métamorphose

KEROUAC
• Sur la route

KESSEL
• Le Lion

LARSSON
• Millenium 1. Les
  hommes qui
  n'aimaient pas
  les femmes

LE CLÉZIO
• Mondo

LEVI
• Si c'est un
  homme

LEVY
• Et si c'était vrai…

MAALOUF
• Léon l'Africain

MALRAUX
- La Condition humaine

MARIVAUX
- La Double Inconstance
- Le Jeu de l'amour et du hasard

MARTINEZ
- Du domaine des murmures

MAUPASSANT
- Boule de suif
- Le Horla
- Une vie

MAURIAC
- Le Nœud de vipères

MAURIAC
- Le Sagouin

MÉRIMÉE
- Tamango
- Colomba

MERLE
- La mort est mon métier

MOLIÈRE
- Le Misanthrope
- L'Avare
- Le Bourgeois gentilhomme

MONTAIGNE
- Essais

MORPURGO
- Le Roi Arthur

MUSSET
- Lorenzaccio

MUSSO
- Que serais-je sans toi ?

NOTHOMB
- Stupeur et Tremblements

ORWELL
- La Ferme des animaux
- 1984

PAGNOL
- La Gloire de mon père

PANCOL
- Les Yeux jaunes des crocodiles

PASCAL
- Pensées

PENNAC
- Au bonheur des ogres

POE
- La Chute de la maison Usher

PROUST
- Du côté de chez Swann

QUENEAU
- Zazie dans le métro

QUIGNARD
- Tous les matins du monde

RABELAIS
- Gargantua

RACINE
- Andromaque
- Britannicus
- Phèdre

ROUSSEAU
- Confessions

ROSTAND
- Cyrano de Bergerac

ROWLING
- Harry Potter à l'école des sorciers

SAINT-EXUPÉRY
- Le Petit Prince
- Vol de nuit

SARTRE
- Huis clos
- La Nausée
- Les Mouches

SCHLINK
- Le Liseur

SCHMITT
- La Part de l'autre
- Oscar et la Dame rose

SEPULVEDA
- Le Vieux qui lisait des romans d'amour

SHAKESPEARE
- Roméo et Juliette

SIMENON
- Le Chien jaune

STEEMAN
- L'Assassin habite au 21

STEINBECK
- Des souris et des hommes

STENDHAL
- Le Rouge et le Noir

STEVENSON
- L'Île au trésor

SÜSKIND
- Le Parfum

TOLSTOÏ
- Anna Karénine

TOURNIER
- Vendredi ou la Vie sauvage

TOUSSAINT
- Fuir

UHLMAN
- L'Ami retrouvé

VERNE
- Le Tour du monde en 80 jours
- Vingt mille lieues sous les mers
- Voyage au centre de la terre

VIAN
- L'Écume des jours

VOLTAIRE
- Candide

WELLS
- La Guerre des mondes

YOURCENAR
- Mémoires d'Hadrien

ZOLA
- Au bonheur des dames
- L'Assommoir
- Germinal

ZWEIG
- Le Joueur d'échecs

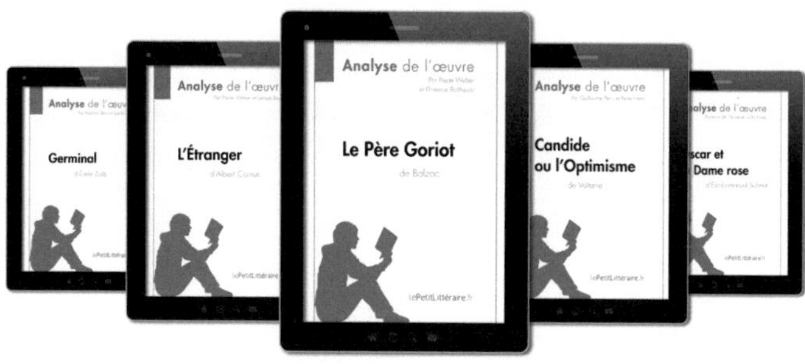

ISBN version numérique : 978-2-8062-1958-9
ISBN version papier : 978-2-8062-1103-3
Dépôt légal : D/2013/12603/487

Avec la collaboration de Pauline Coullet pour les chapitres « Le naturalisme » et « Le corps et l'inversion des genres ».

Conception numérique : Primento,
le partenaire numérique des éditeurs.

Ce titre a été réalisé avec le soutien de la Fédération Wallonie-Bruxelles, Service général des Lettres et du Livre.